薔薇色のまま

遊　子　五行歌集

市井社

五行歌集

薔薇色のまま

はしがき

五行歌に出会って、十七年になります。

一九九六年、夫（筆名、アド）の転勤で、長野県小諸市から静岡県榛原郡吉田町に転居しました。小諸の家は人に貸し、吉田町に家を借りることに。この春、末息子が大学生になったので、私達はまた新婚？　生活に戻りました。

でも子育てを終えたその時の私の心には、大きな穴が開いていました。この穴を埋めるため、静岡市にある朝日カルチャー教室の「ライター講座」に月一回通うことに。

講座で出会ったのが、のちに「静岡五行歌会」を立ち上げられた藤田和子さんです。藤田さんには発会前から「一緒にやりませんか」とお誘いを受けていました。でも詩歌というものに縁と興味のなかった私は、ずっとお断りしていたのです。（なんと薄情な！）それでも一度くらいはと軽い気持ちで参加したのですが……そのまま。

あるとき藤田さんから『一度だけお母さんへ』という五行歌の公募があるので出しま

せんか」とお電話をいただきました。たしか、締切の二日前でしたが頑張って作ったのが「遊べるときには／遊んでおくんだよ／戦争で／遊べなかった／母の格言」です。「遊《ゆう》子《こ》」という筆名ができたのは、この歌からです。

ライター講座で藤田さんに出会わなければ、「遊子」という五行歌人は存在しなかったと思います。藤田さんは、「遊子」の生みの親です。

藤田さん、私を五行歌の道に案内してくださってありがとうございました。

もう小諸には戻らない気持ちでいましたが、ある事情で二〇〇二年に小諸に帰ってきました。が、長野県には五行歌の会がありませんでした。すでに「歌会のない人生なんて」の私になっていましたから、無理を承知で昔お世話になった友人たちに、小諸に歌会を立ち上げる協力をお願いし、「こもろ五行歌の会」を立ち上げることができました。

小諸のみなさん、ありがとうございました。

歌のことです。

二〇〇八年夏、七歳下の弟が悲しい死を選びました。いわきへの納骨までの雑事を終えた後、私は来る日も来る日も草壁先生（以後、えんた先生と書くことをお許しください）の五行歌集『川の音がかすかにする』を読んでいました。この歌集にはえんた先生のご子息が自死されたときの歌が、載っているのを知っていたからです。

何回も読んでいるうちに、先生の歌が私を癒してくれていると思いました。この歌集を買い求めた当時（弟はまだ生きていた）は、読むのが辛くて本棚に置いたままだったのに、今は何度も何度も読んでいる。読みたい読みたい…と。なぜなんだろうと考えてみると、それらの歌には、「言葉」以上の「心」を感じたからかもしれません。

「あ、これが歌なんだ」と、そのとき思いました。これ以後、歌会での点数は気にせず、「心のままの歌」を作るようになったと思います。十七年の間に作った歌から、「心のままの歌」を感じられる作品を、この歌集に収めてみました。

スペイン語訳のことです。

私には娘が一人います。文化人類学の研究地キューバをたびたび訪れていた娘は、二〇〇八年の年末にキューバで親しくなったレオニード・ロペスさん（以後レオさん）を伴って小諸に帰省し、二〇〇九年三月に結婚しました。この八年にレオさんは、日本語を少し話せるようになりました。私もスペイン語は少ししか話せません。が、心と心が触れ合う仲になったと思います。歌集を作ろうと思ったとき、真っ先に頭に浮かんだのは、私の五行歌をスペイン語に訳してもらうことでした。これだけは訳して欲しいものを二十四首取り上げ、娘とレオさんに翻訳してもらいました。
翻訳してもらった歌をみては、「あ、スペイン語にするとこうなるんだ」と喜んでいます。翻訳作業を終えた二人からのメッセージです。

Salir a cazar palabras
Disparar
Formar con lo que sobreviva los restos que somos

Leonid López

ことばを狩りに行く
撃つ
手にしたものでつくるのが、私たち自身だ

レオニード・ロペス

普通だったら消えてしまう日々のつぶやきや瞬間を作品化する術を得たことで、離れた人、未来、自分に（を）伝えることができるようになっている。母自身の人生や見方を取り戻し、充実した生にしてくれていると思う。五行歌、ありがとう。

幸　子

レオさん、さっちゃん、おかげでいい歌集ができました。ありがとう。

小諸のおうちでお絵かきをしていってくれたりゅうちゃん、じぃじとばぁばの誕生日やクリスマスにかわいい絵とメッセージをおくってくれたえまちゃんとゆらちゃん、ありがとう。だいすきだよ。

歌集『薔薇色のまま』は、十八歳で知り合ったときから七十歳になるまでの五十二年間、一度も怒ることなく真綿のような愛で私を包み育ててくれた（くれている）夫（アドさん）に捧げたいと思います。毎日アドさんに憎まれ口ばかり叩いていますが、私の「薔薇色の心」は、これからも色褪せることがないでしょう。

アドさん、ありがとう。

題字の「薔薇色のまま」は、私のもう一人の育ての親ともいえるえんた先生にご無理を言ってお願いしました。

えんた先生、この十七年間、私を育ててくださってありがとうございます。「こもろ草壁塾」は、二〇二五年まで続きますので、これからもどうぞよろしくお願いいたします。

副主宰の三好叙子さん、本部の水源純さん、しづくさん、佐々木さん、吉野佳苗さん、みなさまのご尽力で素敵な歌集ができました。

ありがとうございます。


今日で私の「美しい六十代」は終わります。明日は七十代への第一歩です。いろいろ考えた結果、「自分に恥ずかしくない七十代」を送ろうと心に決めました。ついでに八十代、九十代、百代のテーマも考えています。

それぞれの年代になった私はどんな五行歌を詠っているのか、思っただけでもわくわくしてきます。

五行歌は、限りなく私を未来へ未来へと導いてくれています。あのときポッカリあいた大きな心の穴は、歌ひとつ書くたびに小さくなって、今では影も形もありません。

五行歌、ありがとう。これからもよろしくね。

二〇一七年　二月六日

遊　子

目次

装丁　しづく
カバー絵　たぬまえま
挿絵　たぬまゆら
たぬまりゅう
翻訳　レオニード・ロペス
田沼幸子

1

浅間

「ただいまぁ」の
声に
信州は
山の緑
空の青

梅雨の晴れ間に
聳《そび》える
浅間は
夏を迎える
若獅子のよう

初冠雪の浅間を
背に
干されたばかりの
大根は
むしゃぶりつきたくなる白さ

冬の青空が
そんなに嬉しいのか
浅間の煙は
日毎に
白さを増していく

事の重大さに
怖じ気づいたか
噴火後の
浅間は
雲隠れ

揺るぎ無き
覚悟はあるか
と
紅浅間

帰りたくても
いまはない
実家への道
浅間に見守られながら
この道を歩く

青空一枚で
折った鶴を
浅間のてっぺんから
世界中の空へと
飛ばしてみたいよ

2
春夏秋冬

雪毛布の下で
ふきのとうの
赤ちゃんが
スヤスヤ
お眠りしているよ

凍土の胎内で
育てられた
蕗の薹
雪の産道から
頭を出す

黒のキャンバスに
緑
緑
緑
ふきのとう

雪解け水が
わくわく
と
アスファルト坂を
流れてゆく

小諸
春三月
誰の声にも
♯が
ついている

春の太秦に
旅をした
ほほほ、と
菩薩が
ほほ笑んだ

春の公園
歩きはじめた
あかちゃんが
右足だして
左足だして

En un parque
De primavera
comenzó a caminar el bebé
pasito del pie derecho
pasito del pie izquierdo

夏の北海道は
ぐるり
空の青
海の青
人の青

これは
念仏だ
天を劈く
蝉の
咆哮

夏の思い出を
くるりと
包んで
ほおずきの
朱《あか》

秋だ
わたしが
真っ赤に色づく
人生の
秋だ

巌流島は
七輪の上
秋刀魚と
秋刀魚の
真剣勝負

頭のてっぺんから
足の先まで
天日干ししたくなる
青い青い
秋の空

へしゃげた
心が
柿色の
秋に
包まれている

小春日和の
お台所
白菜の中から
観音様
ふたり

流れを止め
ガラス窓の向こうから
ベビードレスを編む
私に見惚れている
初冬の浮雲

師走に届いた
シクラメンと喪中葉書が
私に
語りかける
生と死

陽だまりの中で書く
年賀状に
ほほ笑み
ひとつ
書き添える

信州の
バレンタインデーは
空の青
雪の白
心の赤

夜明けのうた
なんか
歌いながら
卵焼きつくる
寒い朝

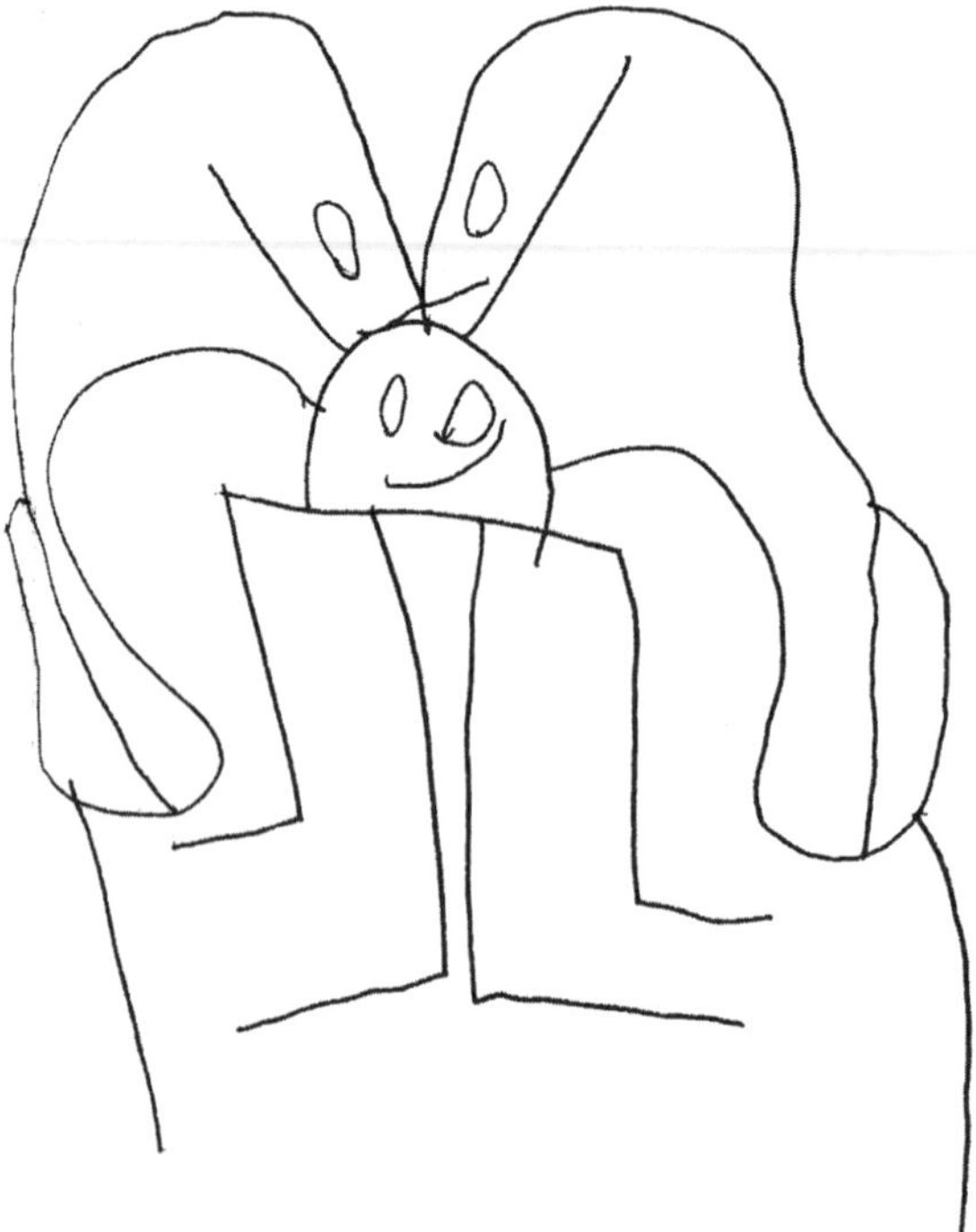

え・たぬまりゅう

3
友

「はい、おみやげだよ」
年金暮しの友が
手渡してくれたのは
私のふるさとの
海の貝殻

この人に
出会ったから
今の私がいる
そう思える人が
真の恩人

古典を学び始めたら
人麻呂・定家・芭蕉が
近寄ってきた
友だちって
こうして作るんだね

晩学で
出会った
古人《いにしえびと》
晩年の
友となる

久しぶりに訪れた五行歌本部
えんた先生、叙子さん、すみれさん
しづくさん、純さん、佐々木さん
みんなみんな
五行歌の顔をしていた

幼友達から
野菜が届いた
ダンボール箱いっぱいに
故郷の
風の香りも詰め込んで

Llegaron vegetales
de mi amiga de la infancia
Junto
los vientos del pueblo nativo
llenan la caja de cartón

リュートやチェンバロが
奏でる
いにしえの音《ね》に
帰れない星たちが
瞬いている

4
道

ふと
迷い込んだ
歌の道は
ほんとうの私に
辿りつく道

自分を
不器用と
認めることから
道は
拓ける

迷うことも
思いを高める
道なのだ
迷うことなく
迷えばいい

時に
流されて来たのではない
時が
私を
押し流してくれたのだ

覗いてみると
数えきれない
蹟きが
発光している
時の洞

心は
いつも
外へ
外への
家庭人であれ

刺されることは
覚悟の上
が、
動かなければ
新しくなれない

5
子

子らが
巣立った
空っぽの家の中
私と私が
遊んでる

動けなくなった自転車を
抱きかかえながら
レースを諦めなかった
息子は
私の誇りだ

「寂しいぐらいで泣かないで」
娘のひと言で
私は
変わった
変わることができた

来春、親になる
娘よ、息子たちよ
君たちが私にしてくれたように
君たちの子は
君たちに「愛」を教えてくれるでしょう

子の誕生日は
私が親になった
記念日
孫の誕生日は
子が親になった記念日

雛の日に
生まれた
息子
男雛の目で
娘《こ》を愛でる

寝てばかりいる
盆帰省中の息子
きっと
仕事と育児に
疲れているんだね

わが子と遊ぶ
三人の子を眺めながら
私も
この子たちの
子になってみたいと思う

三十九歳の娘が
泣きながら確かめたかったのは
私の愛
泣きながら
抱きしめてやった

蝶よ花よと
育てた娘が
幸せそうに
楽しそうに
苦労している

キューバ人の夫と息子を養うために
いくつもの苦難を
乗り越えている
娘は
私の憧れの女性だ

6
親

君が
辛い時
「おかあさん」と
呼ぶ声が
聞こえる

Cuándo llegan
momentos difíciles
"Mamá"
escucho tu voz
llamando

私のお腹の中で
育った
あなたたちだ
いい子に
決まっている

いつまでも
かわいいのは
「私の子だから」
ただ
それだけの理由

Siempre será
muy lindo
porque es mi niño
solo eso
es la única razón

子が
巣立った日
子の
空気に
添寝する

子に
尊敬されなくても
子を
尊敬できる
親は幸せだ

母の日に
聞きたくても
聞けないことがある
「私が
お母さんでよかった？」

夫婦《ふたり》ぐらしに
時々飛び込んでくる
子ども達の吉報
生きているのが
嬉しくなる

遠くの祖父母とは
縁の薄かった子らのためだ
孫たちの
心に生き続ける
遠くの祖父母になってあげよう

子に
添寝している
息子に
添寝したい
母

深い深い
春霞の空に
息子の乗った
飛行機を
見つけようとしている

海外転勤する
息子への餞は
夫の
祈りを込めた
手打ち蕎麦

長男に続いて
次男家族も海外の地に
「皆が帰って来るまで
元気に待っていよう」が
夫婦の合言葉になる

子らが
巣作りしている家庭は
神聖な領域
親であればなおさらの
土足厳禁地帯

子のためと
必死に
やっていたこと
子の心を
刺していたかもしれない

遠くなる
娘のうしろ姿に
声かける
「大丈夫、
守り続けてあげる」

Se aleja
De espalda
la figura de mi hija
Le digo no te preocupes
voy a seguir protegiéndote

息子が
帰って来る日の
朝のコーヒーには
茶柱が
立っている

どの年の日記を
読み直しても
育児日記にあるような
必死さは
書かれていない

子に言う
「おかえり」には
言葉にならない
親の思いが
凝縮されている

子どもがいなくなった後の
家は
夫と私の共同作業所
梅を干したり
柿を干したり

7
歌

人との
会話に
疲れた夜
人の歌と
語り合う

歌が
私の首に齧り付いてくる
主宰の
歌の選をする
ということ

哀しい闇を
持つ人の
歌が
私の闇を
照らしてくれる

言葉を
選んで選んで作った
なにげない歌が
私を
変える

いい歌は
水琴窟に落ちる
水音のよう
心の奥まで
響いてやまない

「そんなことに
負けるなよ」と
歌が
元気づけてくれる
師の歌が・・・

自分を
高めるのは
自分が
書いた
裸の歌

決めた！
子や孫に遺すのは
私の歌集
ボロボロになるまで
読み続けて欲しい

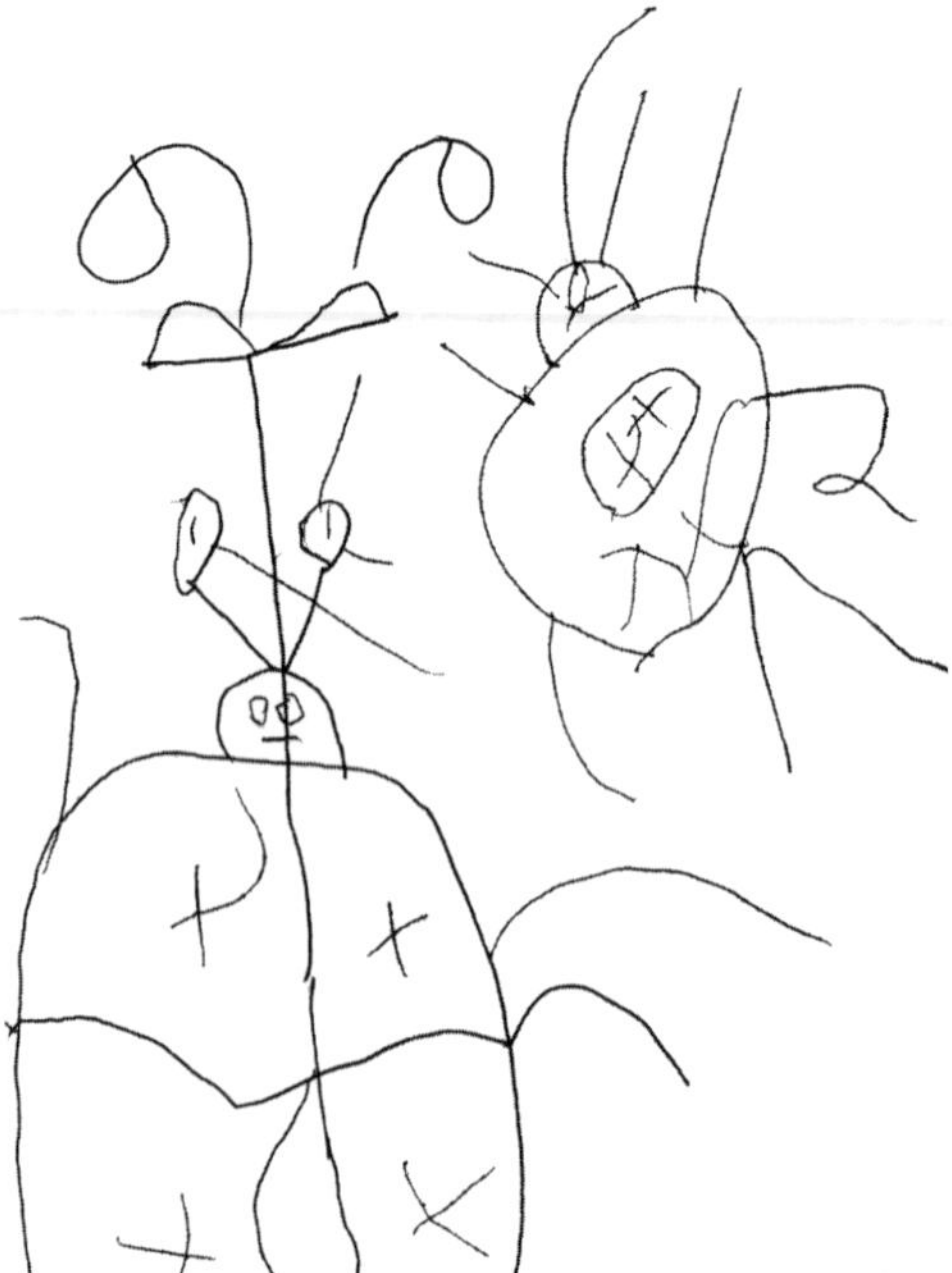

え•たぬまりゅう

8
孫

娘から
妊娠を告げられた日
からっぽのお腹に
胎動が
蘇る

Mi hija dice
está embarazada
A mi barriga vacía
el movimiento fetal
regresa

妊娠五ヶ月になった
娘と二人のお嫁さんが
やってきた
「どれどれ」と
三人のお腹を撫でてやる

Llegaron mi hija
y dos nueras
embarazadas de cinco meses
"A ver, a ver"
acaricio la barriga de las tres

２０１０年１月15、21、31日
娘と二人のお嫁さんが出産した
三人の赤ちゃんは
全員
私の初孫だ

半月の間に生まれた
3人の初孫の名前が出揃った
龍《りゅう》・恵舞《えま》・侑楽《ゆら》
いいね、いいね
かわいいねえ

遠くにいる産後の娘の
精神的な支えになればと
水源純《みなもと》さんの「子育て五行歌」を
わが家の「掲示板」に
毎朝書き込んでいる

「おばあちゃん」という新語を
反芻しながら
半月の間に
大阪、東京、埼玉で生まれた
三人の初孫に会いにいく

四ヶ月のえまちゃん
特大の
おならの音で
ママの育児疲れを
吹き飛ばしている

二〇一〇年八月二十九日
七ヶ月になった三人の初孫達が
「第一回初孫サミットin御殿場」で
ハイハイの初顔合わせ
かわいすぎて泣けてきちゃう

好奇心に
目覚めはじめた
七ヶ月の赤ちゃん
あっち見てハイハイ
こっち見てハイハイ

Siete meses
En el bebé comienza a despertar
la curiosidad
Mira allí y gatea
Mira aquí y gatea

トコトコトコ・・・
満1歳になった龍ちゃんが
私に向かって歩いてくる
たとえパソコン画面でも
泣けてくる

肌をピンクに染めた
湯上りの
えまちゃん
恍惚の笑顔で
新米パパに抱かれている

ハイハイから
ペンギン歩きを覚えた
満1歳児の世界は
深海から宇宙へと
広がっていくようだ

Gateó
Aprendió a caminar como pingüino
El mundo del niño
se abre desde el fondo del mar
al universo

一歳のゆらちゃんが覚えた
「ありぁとぉー」には
パパとママへの感謝が込められている
「生んでくれてありぁとぉー」
「育ててくれてありぁとぉー」

２０１１年12月は
初孫たちの一歳最後の月
龍ちゃん、恵舞ちゃん、侑楽ちゃん
よく育ってくれましたね
ありがとう

ばぁばの66歳の誕生日
3歳になった龍ちゃんが
スカイプで
ハッピーバースデーを歌ってくれた
120歳の誕生日にもお願いね

3歳になったえまちゃんが
スカイプで
見せてくれるのは
おばあちゃんが送ってあげた
はらぺこあおむしのカード

3歳になったゆらちゃんが
スカイプで
読んでくれるのは
ばぁたんが送ってあげた
ぐりとぐら

孫っていいなぁ
還暦すぎの
私を
絵本の世界に
引き戻してくれた

二〇一四年四月二十日
前橋十キロマラソンの
完走賞は
その日生まれた
孫の穣《じょう》くん

四人目の孫が生まれた
穣と名付けられた
その孫のために
もっともっと
清らかになりたいと思う

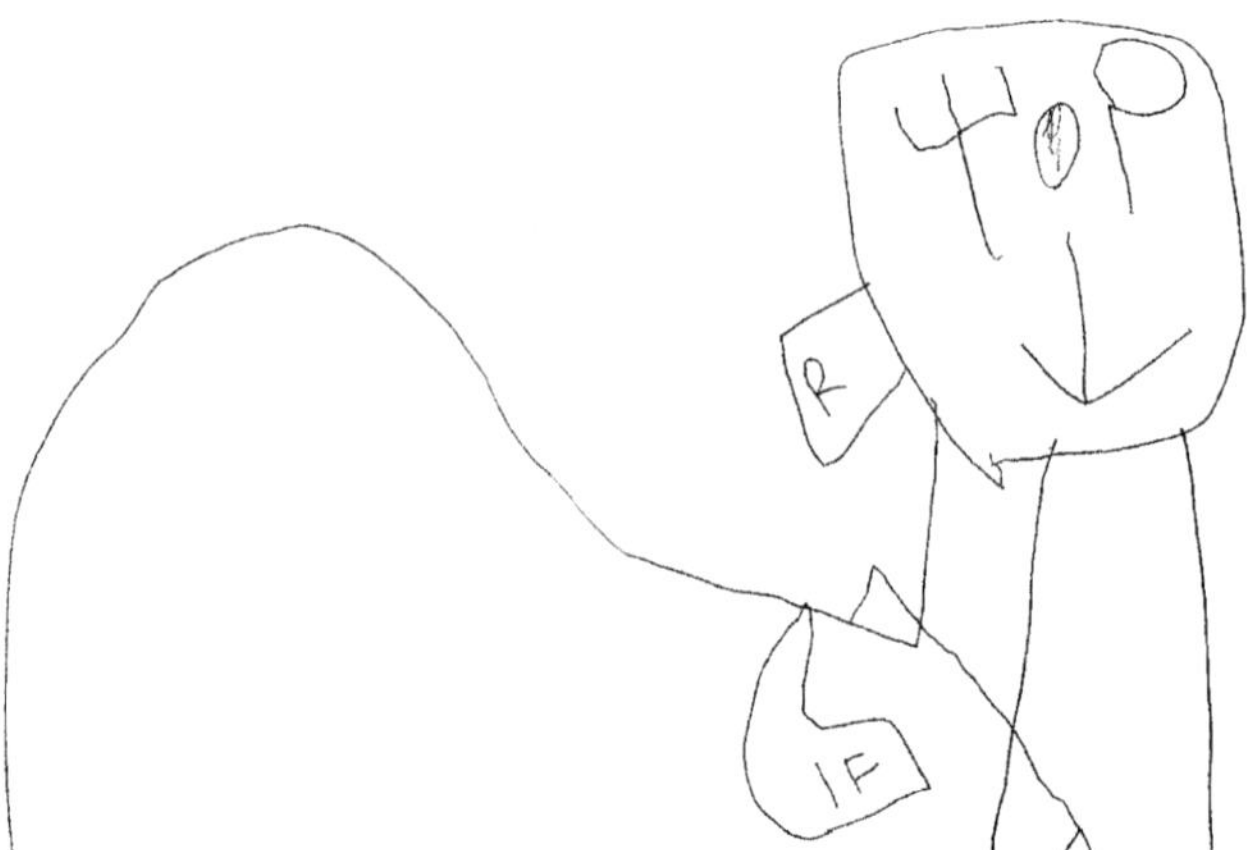

え・たぬまりゅう

9
花

日に日に
萎れていく
花瓶の花が
根っこを持てと
教えてくれる

花よりも
実となって
存在を語る
あけびの
プライド

結婚記念日に買い求めた
クレマチスの花言葉は
『高潔』
心気高くあれと
花がほほ笑んでいる

患った目の
回復を告げられ
病院を出れば
眩いほどの
白木蓮

寒に
里帰りの娘
家中に
春の花が
咲いたよう

一年三ヶ月ぶりの
娘の声に
桜咲く
母の
胸

庭が
春の花でいっぱいになった日
ロンドンの恵舞ちゃんから
おてがみがとどく
「イギリスついたよ」

してやれなかった——
子の心に
花を挿すこと
孫に
してやる

今から準備する
春の喜び
チューリップの球根を
80個
買ってくる

A partir de ahora me dispongo
En la alegría de primavera
compraré
ochenta bulbos
de tulipán

10
私

すべて
無から
始まるのなら
今からでも遅くはない
無になろう

「なぜ？」と
問いながら
生きていると
「なぜ？」に
答えるようになる

光溢れる
緑の中にいると
私は善人だ
と
錯覚してしまう

続けることで
恥の部分が
見えてくる
だから
やめられない

自分が
自分であるための
辛さ
寂しさ
美しさ

Yo
para ser yo
tormento
soledad
belleza

学ばなくては
今
学ばなくては
私の人生
がらんどう

ここまで
生きてきた
私を
裁くのは
私だ

間違いに
気づいた瞬間
清々しい
私が
生まれた

きれいだよ
年とともに
透き徹っていく
私の
魂

Hermoso
Con el pasar de los años
mas transparente
se hace
mi alma

七十億人の中の
私の存在は
・にもならないが
私の幸福感は
地球から溢れ出ている

実は恐いのだ
人と
語れば語るほど
私が
壊されていくことが

成長する
自分を信じて
書き始める
三冊目の
十年日誌

「ひつじがいっぴき」
で
爆睡できる
私は
迷わない羊です

古本屋に
50円で売った本
まだあったので
700円払い
連れて帰った

迷うほど
真剣に
考えただろうか
真剣に
生きただろうか

11
師

家事の時間
遊びの時間
夫との時間を
やりくりしながら
草壁塾に通っている

由美子さんと
えんた先生の
噂話をしていたら
携帯が鳴った
えんた先生からだった

発会から十年
どんな時も
「いいですよ」と小諸に来てくださった
えんた先生からのご依頼だ
「いいですよ」と応えよう

主宰の歌の
選歌作業
笑っては書き
泣いては書き
頷いては書く

2006年3月号の巻頭言は
「選者の条件」
それを読んだ私は
主宰の怯えを背負いながら
歌の選をする

主宰の
歌の書写は
心が昂り
心が纏り
心が新しくなる

主宰の歌を
全首読むことは
子育てと
同じくらい
私を育てる

自分の歌集を
出す前の
草壁焰太選歌集の仕事は
自分の歌を見直す
いい機会

未熟な私を
選んでくださった
師への恩返しは
今まで以上に
五行歌を愛することだ

自分を信じ
苦難を耐え抜いてきた
天才の思いは
人の心を
掴んで離さない

12

心

動かない
心を
動かすのは
新しい
心

心の芽
今日も
伸びよと
朝茶の
水やり

松島湾の
ほわんとした
海の青は
東北人の
心のようだ

選歌で
知る
私の心の
狭さ
貧しさ

誰にでもある
人生の夕立
雨あがりの
心にも
七色の虹が輝く

別離《わかれ》は
踏み絵のようだ
本当に
愛したものだけが
心に残る

「こんにちはー」と
小学生に声をかけられた
幸せって
こんなところにも
転がっているのね

"Hola"
saludó un estudiante de primaria
Aún
en un lugar como ese
está la felicidad

いちばん
寂しいのは
自分の心に
嘘を
つくこと

13
母

息子を
見送った
私に
写真の母が
ほほ笑む朝

子らが帰って来る日が
近づいてくる
母も
こんな思いで
私を待っていたのか

どんな想いで
子が帰省するのか
どんな想いで
母が待っているのか
両方わかる歳になった

母がそうであったように
私も
娘のお産に駆けつけることができなかった
それでいいのだ
それがいいのだ

遊べるときには
遊んでおくんだよ
戦争で
遊べなかった
母の格言

Mientras pueda jugar
juegue
En la guerra
no hubo juegos
Proverbio de la madre

母の日
浅間山の急斜面に
カモシカ母子
おにごっこしたり
かくれんぼしたり

来るはずのない
亡母《はは》からの電話
24年経った今でも
「元気？」の声を
待っている

里帰りの娘と
露天風呂に入る
夜空の星になった
母も
嬉しそう

14 全国大会in小諸

人から
大変と言われたこと
「やる！」と
決めた時から
成功に向っている

Lo que la gente dice
Es difícil
¡Lo hago!
Cuándo se ha decidido
ya está en camino el triunfo

何も知りませんでは
済まされなくなってきた
小諸全国大会に向けて
藤村・牧水・虚子を
読むことにしよう

「全国大会って、どんなんだろう?」
全国大会旗を飾った部屋で
全国大会未経験者たちが
全国大会in小諸の
チラシ発送作業をする

全国大会三ヶ月前
こもろ会員の
顔が
林檎のように
色づき始めている

全国大会
三日前
「あと少しだね」と
夫が差し出す
朝の珈琲

真剣な
目・目・目　が
私の
間違いを
指摘する

賞賛の
美酒に
酔い痴れるのは
二日だけ
と　決める

頑張ったご褒美らしい
日本晴れの空から
吉報が
鶴のように
舞い降りてくる

穏やかな
朝の光だ
疲れた私に会いに来た
父母弟の
光だ

やりたかったことを
すべて　やり遂げた
達成感が
これからの
支えとなる

15
弟

無沙汰ばかりの姉に
「いつでも来なよ」と
故郷の弟は
母のような
優しさ

どこか
疲れているような
弟を
母の目で
見つめる

「ダメな男《やつ》」との
烙印を押されて
故郷を追われた
弟よ
生きているか？ それとも・・・

同じ両親に育てられた
姉弟なのに
この落差は何なのだと
ひとり
夕日を見つめる

弟を
助けたい心
弟に
死んでほしい心
鬩《せめ》ぎ合っている

Querer
ayudar al hermano menor
Deseo
de ver muerto al hermano
Están luchando

弟の自死に
仏心と
鬼心が
抱き合って
号泣

小さい頃
いつもおぶっていた
弟の骨箱を抱く
まだ
あったかい

なかなか
沈もうとしない夕日は
弟の魂
またあした
ここにおいで

El sol de poniente
demora en caer
Alma de mi hermano
mañana otra vez
ven aquí

16 ふるさと

ふるさとを
捨てたから
あなたと出会った
悔いは
なにもない

Dejé atrás
la ciudad natal
Te encontré
no lamento
nada

レベル7
などでは済むまい
福島原発被災者の
心の
被害暫定評価

Nivel 7
No termina ahí
Estimación de los daños
en los afectados de Fukushima
Nivel de la herida

母から受け継いだ
春のお惣菜
小女子の天ぷら
今年は
放射能汚染で作れない

原発事故で
福島県が
壊れていく
福島人が
壊されていく

私も
啄木だ
ふるさとの訛なつかしく
今日も震災番組の前に
吸い寄せられていく

大震災でも倒壊せずに
三年間
私を待ち続けた
父母弟の墓石が
笑った

選歌集のお礼にと
米、沢庵、梅漬、黒大蒜を
送ってくれた幼馴染
いわき、いわき、いわき・・・
帰りたくても帰れない

17
夫

自転車レースに
出場する
夫のゴールは
いつも
私だ

Sale a la carrera
de bicicleta
La meta
de mi esposo
siempre soy yo

髪の毛も
心も
真っ白な
夫に
愛されている

ミロのヴィーナスの
後ろに立った夫
「ヴィーナスの尻もでかいんだなー」と
田舎のおっさん
丸出し

家族を養うために
夫が作り続けてきた
カセットテープとビデオテープ
今は不用品として
ゴミの日に捨てられている

夫が作った
ラズベリージャム
真紅《まっか》で真紅《まっか》で
私への
愛そのものだ

夫が作った
茄子と胡瓜
ヘボでも
ほんものの
味がする

夫が撮った
妊婦の私は
小春日和に
ほほ笑む
菩薩のよう

柔魂《やわらだましい》が
染み付いている
夫の黒帯は
何年経っても
捨てられない

遊び相手は
いつでも
夫
感性が似ているから
年をとっても飽きない

妻の一大事に
夫は
父になり
兄になり
弁慶になる

蕎麦を打つ
夫の脇で
天麩羅を揚げる
胡麻油を使った
桜海老と玉葱の

夫が
下肢静脈瘤手術で入院
一人で過ごす夜は
いつか来る「その日」のための
予行演習

庭の
ラベンダーを
摘んできて
「はい、愛の花束！」と
差し出す夫

妻に
書け書けと強いられて11年
夫の歌が
ついに
草壁賞を獲得

「幸せにするという
嘘はつけない」と
言った男《ひと》と
幸せに
生きてきた

夫が古希になった朝
娘から
SOSの緊急メール
「昨日から
虫垂炎で入院しています」

あの日
あなたに抱いた
恋心
半世紀過ぎても
薔薇色のまま

Ese día
el amor
me agarró a ti
Pasó medio siglo
y aún sigue color rosa

18
美しい六十代

「お母さん、
今がいちばん輝いているよ！」
娘から届いた
還暦祝いのカードは
百歳までの宝物

「そのうちにやる」
そんな甘えは
もう許さない
60歳の
私のプライド

39歳の桑田が
メジャーのマウンドに立ったのだ！
「年だから・・・」と言って
諦めるのは
もう、恥ずかしい

秋だ
60歳の
秋だ
マラソン初挑戦の
秋だ

短期目標は
宇都宮マラソン５kmを
完走すること
長期目標は
死ぬまでよく生きること

六十八になっても
漱石の前後期三部作読破に
意欲を燃やせる
自分の青さが
嬉しい

服も
赤や黄色に
紅葉している
68歳の
クローゼット

ばあば69歳の誕生日に
手描きのカードが
三通届いた
龍ちゃん、恵舞ちゃん、侑楽ちゃん
ありがとう、だいすきだよ

時々
弱音を吐く
心に
68歳ババパンチを
喰らわせてやる

6歳の龍ちゃんが
6年後の自分に
手紙を書いている
69歳の私も100歳の私に
手紙を書いてみよう

人生でいちばん
自分らしく生きた
十年間だった
美しい六十代よ
ありがとう、さようなら

弾む若さは
ないけれど
弾む心は
この空
いっぱいに

Ya no está
el rebotar de la juventud
Pero de los rebotes de mi corazón
el cielo
está lleno

19世

二十一世紀の棚田は
棚田の上に
広域農道
棚田の下に
高速道路

国を
支えるのは
目だ
ほんとうにいいものを見抜く
目だ

心より偏差値重視の
歪み教育が
生んだ
虐待を躾と言う人間
虐めを遊びと言う人間

いるわけないと
わかっていても
国会の中に
龍馬を
探している

私の
戦後を
子や孫の
戦前に
してたまるか！

世紀末には
とんでもない人間が
現れて
とんでもない思想で
人類を救う

Al final de siglo
alguien inesperado
aparece
Con un pensamiento inaudito
salva la humanidad

戦争はしなかったが
誰かを殺したくなる
青年を
養殖してしまった
戦後七十年の日本

世界中の
子どもたちへの
お年玉は
「明るい未来」
これしかないでしょう

"Otoshidama"
regalo de Año nuevo
A los niños del mundo
un futuro luminoso
eso no más

『薔薇色のまま』跋

涙あふれるまでの完成度

草壁焰太

一つの歌集を読むとき、当然、一つの思いが走る。この歌集の場合、完成度の極限にまで高い歌が、そここにあることである。私の場合、読むにしたがって、まぶたの裏に涙がたまり、あふれんばかりになった。これが、歌集を読んできたいままでの経験にない不思議な気持ちであった。
内容はそう感傷的とはいえない。しかし、この作者の気持ちはそれらの歌に十分入っている。その短い歌に注ぎこまれていて、読み手の感情を誘うように出来ているのであろうか。

「ただいまぁ」の
声に
信州は
山の緑
空の青

黒のキャンバスに
緑

青空一枚で
折った鶴を
浅間のてっぺんから
世界中の空へと
飛ばしてみたいよ

春の太秦に
旅をした

緑
緑
ふきのとう

これは
念仏だ
天を劈く
蝉の
咆哮

ほほほ、と
菩薩が
ほほ笑んだ

陽だまりの中で書く
年賀状に
ほほ笑み
ひとつ
書き添える

こういう歌が、私の中にあふれるような感動をもたらしたのである。私としてはそれ以外の言葉はなにも言わなくてもいいとも思う。しかし、なぜかということを推し量るのが、この本を読もうとする人々への私の務めかとも思われる。

歌の完成度にもいろいろあって、遊子さんの場合、まずは歌が徹底して短い。ということは、気持ちや思いを絞り込み、極限にまで達したところで歌にしているのである。彼女のもう一つの特長は技術を用いないことである。

ここまで完成度を出しているのに、技術は彼女の心のなかにない。それがかえって感動を誘うのかもしれない。世人は歌をどう書くかについて考えるとき、技術というものはあると考える。それは確かにある。しかし、ほんとうに自分の気持ちを表そうとする人で、それを使わない人もいる。

人が見たいのは心であって技術ではないから、それも一つの行き方である。

私もまた技術を使わないといわれた。技術は自然な気持ちを損なったり、本来の気持ちに飾り羽根をつけたりする。自然な気持ちは表しにくいものであるから、自然体を損なうと、さらに難しいことになる。そう思って技術を使わないようにしていたのである。

しかし、五十歳過ぎてからは技術も使ってみたということもある。

遊子さんも自然体でないことを、本能的にきらう人であろう。

彼女の場合、感情はあふれんばかりに豊かであるから、歌にしようとするときの彼女の内面は海の水をコップ一杯に凝縮するような大仕事となるはずだ。それが絞り込むということである。だが、歌にそういう苦悩は見えない。

それを可能にしたのが、彼女の歌の世界である。私は、彼女の場合、その困難な仕事を人柄で行っているのだと思う。そうとしか言えないのである。彼女の性格が才能の代わりに働くのである。

韻文の文章は感性を支柱の一つとするので、自然体で自然に最適の表し方となることもある。五行歌の場合は、その人の個性の自由と本来の呼吸で歌を表すので、そういう自然体を用いやすい。五七、七五などで修飾しないからである。

だが、その自然体がうまくいくのはめったにないことでもある。夜道を歩いていて、流れ星に当たるほど稀なことだ。だから、そういう歌に私は強く反応するのである。

遊子さんの場合は、善い心が海の水を彼女の目の前のコップ一杯に凝縮させる。こういう人柄、性格は、才能以上と言ってよいだろう。

こういうと、それも一種の神秘主義ではないかと言われそうだが、人の性格くらい微妙で独自なものはないから、そう言われるのは仕方がない。しかも、人柄でいい歌を書かれた人は、みんなその感性や理性の反応の仕方は違い、持ち味も違っている。じっと歌を見て感ずるしかないものである。

遊子さんの場合は、その自然体が圧倒的によい作品に結びつくことがある。それがいい歌を求めて生涯自分を責め、人に夢みた私にあふれる涙を湧かしめたということである。この人がいてよかったとつくづく思う。

歌集の後半は母親である気持ち、祖母である気持ちを書いたものになっている。それらは女性の圧倒的な愛を表している。人間の愛の原型はここにあると宣言しているかのようだ。

母の日に
聞きたくても
聞けないことがある
「私が
お母さんでよかった？」

子らが
巣立った
空っぽの家の中
私と私が
遊んでる

来春、親になる
娘よ、息子たちよ
君たちが私にしてくれたように
君たちの子は
君たちに「愛」を教えてくれるでしょう

いつまでも
かわいいのは
「私の子だから」
ただ
それだけの理由

このところ、男ながらやっとわかりかけた母親の子への愛が、遊子さんの歌を見て確信にかわったと言ってもいいほどだ。それくらい、この愛は徹底している。男の女に対する愛も強いけれども、「自分の子だから」と言うような一方的なものではない。女性のわが子についての歌には、そこまでいうかと鼻白むこともあるが、彼女の歌にはただひたすら教えられるような気がする。

母親でなければわからない一方性と知りながら、書ききっているのである。知性がいきわたっているから反発を感じさせないのだ。


彼女の五行歌に対する気持ち、言動も徹底したものである。これについては、頭が下がるところも数々あった。私の五行歌を選してこもろ歌会の会員たちに読んでもらったりしてくれた。その気持ちが有難くて、私は自分が作ろうとしていた選歌集の選をしてもらうことにした。それが遊子編の私の選歌集『人を抱く青』となった。

こもろ草壁塾など、率先してやって下さり、これが他の場所での草壁塾をも生むきっかけになった。

彼女は、かなり離れたところに住んでいるのに、共同事業者のようになった。こもろ歌会も理想的に維持され、みなさんが歌を書く意義を理解している。彼女の情熱が伝わっているのである。

いい歌は
水琴窟に落ちる
水音のよう
心の奥まで
響いてやまない

自分が
自分であるための
辛さ
寂しさ
美しさ

自分を
高めるのは
自分が
書いた
裸の歌

動かない
心を
動かすのは
新しい
心

もっと取り上げるべき歌もあるが、これ以上読者の判断に影響したくない気持ちもある。いいものを見たという気がする。表題の「薔薇色のまま」は夫君「アド」さん（筆名）に当てた歌からのものである。この夫妻の持つ温かで、清々しいふんいきは熱い情熱の支えてきたものである。そのことを周囲の人々もみな知っている。

遊子さんにも、アドさんにも、五行歌のためにいろいろして下さったことを感謝したい。この優れた歌集を生むに至ったことについても……。

遊子（ゆうこ）
本名・田沼（旧姓木村）まち子
1947年 福島県平市（現いわき市）生まれ
1965年 福島県立磐城女子高校卒業
1969年 千葉大学教育学部卒業
2000年 五行歌の会入会
2002年 長野県小諸市に「こもろ五行歌の会」を発会し代表となり、現在に至る。

五行歌集《ごぎょうかしゅう》 薔薇色《ばらいろ》のまま

著者 遊子《ゆうこ》
発行人 三好清明
発行所 株式会社 市井社
東京都新宿区市谷田町三―一九 川辺ビル一階
〒162-0843 TEL03（3267）7601
印刷・製本 創栄図書印刷株式会社
第一刷 二〇一七年三月二十五日

ISBN978-4-88208-146-3 C0092